文
景

Horizon

社科新知 文艺新潮

文景古典 · 名译插图本

索福克勒斯悲剧集

厄勒克特拉

罗念生——译

俄瑞斯忒斯和皮拉得斯

疑为古希腊帕西特利斯学派（Pasiteles）的雕塑家所作

大理石雕像，公元前 1 世纪

现藏于卢浮宫

Dinkum 摄

俄瑞斯忒斯的故事

石棺，约 100—125 年

现藏于克利夫兰艺术博物馆

Sailko 摄

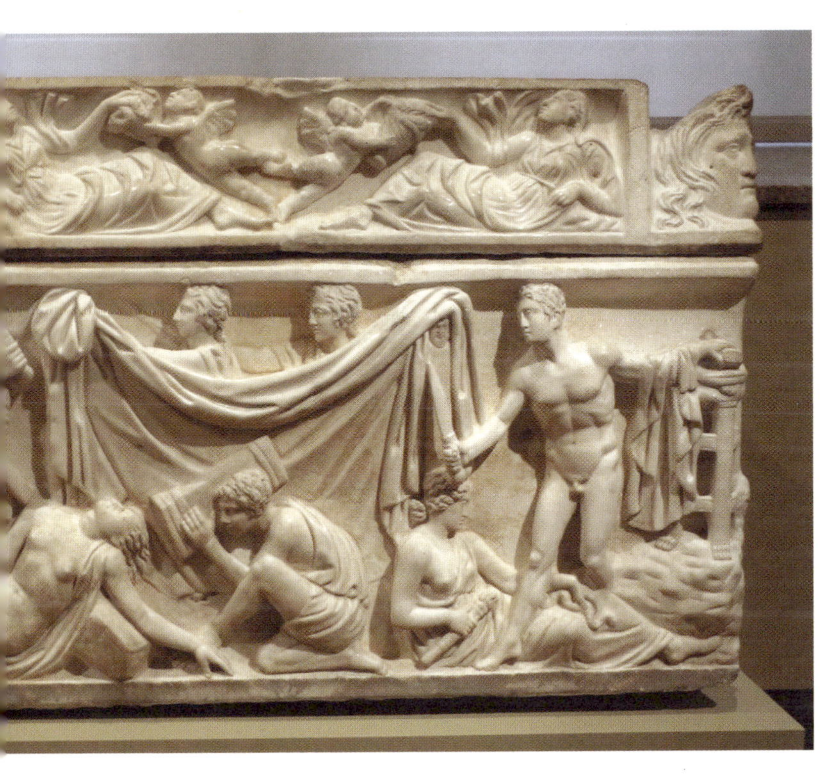

俄瑞斯忒斯和皮拉得斯杀埃癸斯托斯

普利亚大红绘酒樽（oinochoe），公元前 430—前 300 年

现藏于卢浮宫

Jastrow 摄

俄瑞斯忒斯归来

安东・冯马龙（Anton von Maron）作

布面油画，1786 年

现藏于休斯顿艺术博物馆

厄勒克特拉收到弟弟俄瑞斯忒斯的骨灰

让－巴蒂斯特·维卡尔（Jean-Baptiste Wicar）作

布面油画，1826—1827 年

现藏于伍斯特艺术博物馆

埃癸斯托斯发现了克吕泰涅斯特拉的尸体

夏尔－奥古斯特·范登贝格（Charles-Auguste Van den Berghe）作

布面油画，1823 年

VladoubidoOo 摄

俄瑞斯忒斯的复仇

薇拉·威洛比（Vera Willoughby）作

菲利普·艾伦（Philip Allan）著《薇拉·威洛比描绘的希腊图景》（伦敦，1925 年）插图

目　录

厄勒克特拉

厄勒克特拉

根据戴维斯（Lillert A. Davies）校勘的《索福克勒斯的厄勒克特拉》（*The Electra of Sophocles*, with a Commentary, Abridged from the Larger Edition of Sir Richard C. Jebb, Cambridge, 1930）希腊原文译出，并参考了贝飞尔德（M. A. Bayfield）校勘的《索福克勒斯的厄勒克特拉》（*The Electra of Sophocles*, Macmillan, 1901）一书的注解和洛布（Loeb）本《索福克勒斯》（*Sophocles*, William Heinemann, 1951）的希腊原文。

场　次

人　物

（以上场先后为序）

傅保　俄瑞斯忒斯小时候的护送人[1]

俄瑞斯忒斯　阿伽门农（Agamemnon）和克吕泰涅斯特拉（Klytaimnestra）的儿子

侍从二人　俄瑞斯忒斯的侍从

皮拉得斯（Pylades）　斯特洛菲俄斯（Strophios）的儿子，为俄瑞斯忒斯的朋友

厄勒克特拉（Elektra）　阿伽门农和克吕泰涅斯特拉的次女

歌队　由十五个迈锡尼（Mykenai）妇女组成

克律索忒弥斯（khrysothemis）　阿伽门农和克吕泰涅斯特拉的第三女

克吕泰涅斯特拉　阿伽门农的妻子，为埃癸斯托斯（Aigisthos）的情妇

侍女　克吕泰涅斯特拉的侍女

埃癸斯托斯　阿伽门农的叔伯弟兄，为克吕泰涅斯特拉的情夫

布　景

迈锡尼王宫前院

时　代

英雄时代，约在公元前 12 世纪初叶

一　开场[2]

侵晨傅保引俄瑞斯忒斯和皮拉得斯自观众左方上，侍从二人随上。

傅保　远征特洛亚的统帅阿伽门农的儿子啊，[3]你现在来到这里，可以望见你长久怀念的家乡。那是你想望的古老的阿耳戈斯[4]、伊那科斯的被牛虻蜇得发狂的女儿游荡的丛林[5]；俄瑞斯忒斯，这是由杀狼神而得名称的吕刻俄斯市场[6]；左边是赫拉的闻名的庙宇[7]；我们到了这地方，你要相信，从这里可以望见那富有黄金的迈锡尼[8]，那是珀洛普斯世代儿孙的充满了凶杀的宫殿，[9]我曾经在那里把你从你的亲姐姐手里接过来，从你父亲的凶死的命运中救出来，带出去抚养成人，使你报杀父之仇。[10]

此刻，俄瑞斯忒斯啊，还有你，最亲密的外邦朋友皮拉得斯啊，应该做的事情得赶快商量，因为太阳的光辉已经催起了鸟儿的清晰晨歌，满天星斗的黑夜已经褪了颜色。趁别人还没有从屋里出来，你们得商量商量，时间不容迟疑，这正是行动的时机。

俄瑞斯忒斯　最亲爱的仆人啊，你对我的家分明是这样忠诚。像一匹良种的马，虽然老了，处在危险关头并没有丧失勇气。而且把耳朵竖起来，你就是这样鼓励我们前进，自己也跟在先锋后面。我这就把我的策略透露给你，你要细心听我的话，有什么不妥当的地方，请你指正。

我曾经去求皮托的神示[11]，问怎样向凶手们报杀父之仇。这就是福玻斯[12]的回答，这句话我立刻告诉你：不须带盾牌与队伍，暗中用计，亲手完成这合法的仇杀。

我们既然听到了这样的神示，趁时机引导，你就进宫去观察各种动静，看好了，把确实的消息告诉我们。你已经上了年纪，时间又过了这么久，他们不会认识你的；你头发花白，他们不会怀疑你的。你借用这样一个故事，说你是福西斯客人，从法诺透斯那里来的，那人是他们的最强大的盟友[13]。你向他们传达，发誓说俄瑞斯忒斯已经遭受了注定的劫数，在皮托的竞赛会[14]上从快车上翻下来丧了性命。你的故事就这样编造吧。 50

我们要按照神的指示，先到我父亲的坟前去祭奠，献上一绺割下的美好的头发，然后回来，手里捧着那只镶铜的骨灰罐——你也知道那是藏在灌木林里的，——用言语哄骗他们，给他们带来甜蜜的消息，说我的身体已经毁灭，火化成灰。在传说里是死了，事实上却平安无事，而且可以赢得一个好名声，我又何必苦恼呢？我认为，只要话说出来于我有益，就不算凶兆，我时常听说哲人们放出假话，说他们已经死去了，等他们再回到家里，反而更受人尊敬[15]：我也会从这个谣传里活过来，像一颗星辰向着我的仇人放射光芒。 66

我父亲的土地啊，我祖国的神灵啊，请你们迎接我，让我在旅途中顺利成功；还有你，我父亲的宫殿啊，请你也迎接我[16]，因为我是奉了神的命令，有权利来祓除你的血污的。你们别使我受辱，把我放逐出境，应该让我享受我的世袭财富，恢复我的宫廷。 72

我的话完了；老人家，你要前去关心你的监视责任。（向皮拉得斯）我们走吧，时机正好，这是每个人
76 的行动的最大的助力。

厄勒克特拉 （自内）哎呀，我真是不幸呀！

傅保 孩子，我好像听见有女仆在宫门内低声呻吟。

俄瑞斯忒斯 那是不幸的厄勒克特拉吧！你愿不愿意我们留在这里听她哭泣？

傅保 不，让我们首先遵照阿波罗的命令行事，从这件事开始：去到你父亲的坟前灌奠。使我们在行动上获得优势
85 和胜利。

俄瑞斯忒斯和皮拉得斯偕二侍从自观众左方下，傅保自观众右方下。

厄勒克特拉 （抒情歌首节）神圣的阳光啊，与大地一同被阳光照射的天空啊，每当黑夜告退时，你们听见我多少次放出悲声，多少次捶打这流血的胸膛！这多难的宫廷里的愁惨的床榻知道我彻夜不眠，哀悼我的不幸的父亲，那杀气腾腾的阿瑞斯并没有在外邦的土地上接待他，[17]而是我的母亲和她的同床人埃癸斯托斯用行凶的斧子劈开了他的头，像伐木人砍倒了一棵橡树一样。

父亲啊，除了我，再没有别的人哀悼你死得这样可耻，这样可怜。 102

（次节）只要我还能看见明星闪耀，白日发光，我决不停止这哀悼的歌声和悲惨的呻吟，我像那失去了小雏的夜莺[18]，在我父亲的宫门外向全人类悲鸣。冥王和珀耳塞福涅[19]的地府啊，护送阴魂赴下界的赫耳墨斯啊[20]，可畏的咒神[21]啊，还有你们三位威严的报仇神。——地神的女儿啊[22]——你们曾经看见那些冤死的人，那些被人偷偷地污秽了的床榻。你们快来，快帮助我，为我报杀父之仇，把我的弟弟送回来！因为我独自一人，再也不能支持这过于沉重的悲哀。 120

二　进场歌[23]

歌队自观众右方进场。

歌队　（第一曲首节）厄勒克特拉，那最可鄙的母亲的孩子
啊，孩子啊，你为什么这样不停地哀悼阿伽门农，心身
憔悴？他是在很久以前被你的狡诈的母亲使用诡计捉住
的，被那恶毒的手陷害的。[24]但愿那凶手不得好死，
128 如果我可以这样诅咒的话。

厄勒克特拉　高贵的族人啊，你们前来慰问我的痛苦，这番
好意，我明白，我领会，不会不注意到，可是我不愿扔
下这件事，不能不哀悼我的不幸的父亲。你们是这样报
136 答友谊的；且让我这样悲痛欲狂，唉，我央求你们！

歌队　（第一曲次节）可是你这样哭泣、祈祷，不能把你父

亲从人人都要摆渡的冥湖上救回来。你哭得太多了，这无济于事，而且毁了你自己，在这种情形下，得不到苦难的解脱。告诉我，你为什么要忍受这难以忍受的痛苦？ 144

厄勒克特拉 那忘记了惨死的父亲的人是愚蠢的。那永远哀悼伊堤斯、伊堤斯的悲痛欲狂的夜莺[25]——宙斯的信使使我心里感到欣慰。啊，十分不幸的尼俄柏，你藏身在石头里眼泪长流。我把你当作一位神。[26] 152

歌队 （第二曲首节）孩子啊，这人间不只你一人遭受痛苦，可是你的悲哀和宫里的人比起来，未免有些过分，你和她们——克律索忒弥斯和伊菲阿娜萨[27]——是同根生，论血统是骨肉，她们却好好地生活；还有他，虽然少年时愁苦不堪，东躲西藏，但是等他在宙斯的仁慈的引导下回到祖国，迈锡尼的光荣的土地迎接他为王子的时候，他——俄瑞斯忒斯，就有福了。 163

厄勒克特拉 我不倦地等待他，我自己很不幸，没有结婚，没有孩子，永远毁了，滴着眼泪，忍受这无穷尽的厄运；他却把他遭遇的苦难和他听见的音信统统忘记了。那为我带来的消息，哪一个不是虚伪的？他是想回来，

172 只是想，却不露面。

歌队 （第二曲次节）孩子啊，你鼓起勇气，鼓起勇气！那强大的宙斯依然住在天上，他监察万事，主宰一切，你且把这痛心的愤怒委托给他。你憎恨仇人，不要过于恼怒，也不可忘记他们；时光是一位安慰人的神。那停留在克里萨的牧牛的海滨的人——阿伽门农的儿子，是不
184 会疏忽的，阿刻戎河边的神也是不会疏忽的。[28]

厄勒克特拉 可是我的年华已经消失过半，没有希望，我也就支持不住了；我没有儿女，这样憔悴下去，也没有亲爱的人保护我，我像一个卑微的寄居者在我父亲的屋里
192 操贱役，穿上这不体面的衣服，站在空饭桌旁边。

歌队 （第三曲首节）那凯旋时的声音是悲惨的[29]，当纯铜的斧头当胸砍伤时，你父亲从餐榻上发出的呼声也是悲惨的。欺诈是策划人，情欲是谋杀者，这对可怕的父母生下了一个可怕的形象[30]，这凶杀是天神还是凡人造
200 成的？

厄勒克特拉 那一天啊，那是我遭遇的最可恨的日子！那一夜啊，那可怕的筵席上发生的骇人听闻的灾难啊，我父亲看见那两双手进行的卑鄙的屠杀，也是那两双手陷

害了我的生命，把我毁了！但愿奥林匹斯山上强大的神[31]惩罚他们，使他们受难，他们犯下了这样的罪行，不得享受荣华富贵！ 212

歌队 （第三曲次节）别再说了！难道你还不明白，在目前的情形下，什么样的行为使你这样可怜地陷入了你自己制造的灾难？你已经遭受许多苦难，这都是因为你意气消沉，心里起了冲突，可是同强者斗争是不行的。 220

厄勒克特拉 那可怕的、可怕的事逼着我这样做，我知道我是在发怒，不能不注意到。

可是遇到了那可怕的事，我一生都控制不住这种疯狂的情感。亲爱的族人啊，哪一位事前很聪明的人会认为我听到的每一句劝告都是于我有益的？你们这些安慰我的人啊，且别管我，且别管我！这样的情形是无法挽救的。我的苦难无法摆脱，我的悲哀永无穷尽。 232

歌队 （末节）我像一个可信赖的母亲，好心好意地劝你不要在灾难中制造灾难。 235

厄勒克特拉 可是我的苦难哪里有止境？对死去的人不关怀，怎么对呢？人间哪有这样的事？我可不愿受那样的人尊重；即使我处在顺境中，我也不肯舒舒服服地过日子，停止放出这尖锐的哭声，不再敬重我的父亲。如果那不幸的死者躺在泥土里化为乌有，而他们却不偿还血债，人们的羞耻之心和对神的虔敬便会消失。

三　第一场

歌队长　孩子啊，我有心为你好，也为我自己好，才到这里来；如果我说得不对，就依你吧；我们都听你的话。 253

厄勒克特拉　诸位姑姑，如果你们认为我不能忍耐，哭得太多了，我就会感到羞耻。可是有一种力量逼着我这样做，你们得体谅我。任何一个高贵的女子看见她父亲家里的灾难，能不像我这样悲叹吗？我看见这灾难白天夜晚都在生长而不是枯萎：首先，那生我的母亲的恩爱变成了深仇大恨；其次，我是在自己家里同杀害我父亲的凶手们住在一起，受他们管制，我每天的吃食随他们给不给。 265

你想象我过的是什么日子：看见埃癸斯托斯坐在我

父亲的宝座上，看见他穿上我父亲的王袍，在杀害我父亲的厅堂里向神祭奠，还看见那最大的侮慢，那凶手在我父亲的床榻上同我的卑鄙的母亲躺在一起，如果还应该称呼这个和他同眠的女人为母亲的话；她是那样厚颜无耻，竟同那罪人生活在一起而不惧怕报仇神。她好像对自己的行为自鸣得意，计算是哪一天她用诡计杀害了我的父亲，就在那一天举行歌舞，月月杀羊祭祀她的救
281 护神。

我这不幸的人看见了，就在房里痛哭，精神颓丧，悲叹那最凄惨的宴会竟由我父亲而得名[32]，对着自己哭泣，不能按照心里[33]所想的那样哭个痛快。那妇人说话冠冕堂皇，却大声骂出这样的恶言：“你这个不敬神的可恶的东西，难道只有你才死了父亲？再没有别的人哀悼过死者吗？但愿你不得好死，下界的神祇不让你
292 摆脱这目前的悲哀！”

她就是这样辱骂，除非有时候她听别人说俄瑞斯忒斯就要回来了；于是她气疯了，跑来嚷道：“难道这不是你给我惹出来的？你把俄瑞斯忒斯从我手里偷走了，悄悄地送出去，难道这不是你做的事？要知道，你罪有

应得！” 298

她就是这样吼叫，她身边有一个赫赫有名的情夫怂恿她这样说，那人软弱无力，是个害人虫，他打仗的时候，要一个女人来助战。我一直在等待俄瑞斯忒斯回来解除我的苦难，我这不幸的人就这样日益衰弱。他总是要行动又不行动，这样破坏了我所有的希望。在这种情形下，朋友们，谈不上节制，谈不上孝敬；环境是这样凶恶，狠狠地逼迫人采取凶恶的态度。 309

歌队长 告诉我，你同我们谈论这些事的时候，埃癸斯托斯是在旁边，还是出门去了。

厄勒克特拉 真的出门去了，要是他在旁边，你们就别以为我可以到宫门外来；他现在下乡去了。

歌队长 既然如此，我可不可以放胆地同你谈谈？ 315

厄勒克特拉 他现在不在家，你尽管问吧！你喜欢知道什么？

歌队长 那我就问问你；你说你弟弟怎么啦？他是就要回来，还是在拖延？这件事我想知道。

厄勒克特拉 他是说要回来，可是答应的事又没有做。

歌队长 一个成大事的人总是犹犹豫豫。 320

厄勒克特拉　可是我救他的时候，一点也没有犹豫。

歌队长　你放心，他很高尚，热心帮助朋友。

厄勒克特拉　我信得过他，要不然我就不会活这么久。

歌队长　现在不要再说了；我看见克律索忒弥斯、你的同父同母的血亲妹妹从宫里出来了，她手里捧着上坟祭品，
327 那是通常献给下界幽灵的礼物。[34]

克律索忒弥斯自宫中上。

克律索忒弥斯　姐姐啊，你为什么又到门廊外面来大声说话？在这么长久的时间，你都不想得到一点教训，不再徒劳地发泄你的强烈愤怒？我自己知道，我对目前的处境也感到苦恼；只要我有力量，我也要表示我对他们的态度。但如今处在恶浪之中，我认为还是卷起帆篷，慢慢航行。伤害不了人，就不要行动；希望你也这样做。然而我的话未必对，只有你的判断才对啊。可是我要过
340 自由的生活，就得完全服从当权的人。

厄勒克特拉　真奇怪，你本是这样一个好父亲的孩子，竟把他忘记了，只关心你的母亲！你规劝我的话全都是她教你的，你自己没有什么可说的。既然如此，这两样由你挑选：到底是做傻子，还是做聪明人，全不顾念你的亲

人。你刚才说，只要你有力量，你也要显示你对他们的憎恨，可是在我竭力为我父亲报仇的时候，你不但不协助，反而劝阻我这样做。这岂不是在灾难之上蒙受怯懦的骂名？你来教我，或者我来教你，停止哀悼对我有什么益处？我不是还活着吗？我知道，虽然很困苦，但是对我来说，已经够好了。我令他们烦恼，要这样才能对死者表示尊敬，如果下界的鬼魂能因此感到欣慰的话。你告诉我，你恨他们，只不过是口头上恨恨，实际上却是站在杀父的凶手们那边。即使有人把你现在引以自豪的赏赐送给我，我也不向他们低头；那丰盛的菜肴供你饱餐，那优裕的生活归你享受。我只要一点点食物就够了，不至于使我心内难安；你的权利我并不想要，你要是放聪明一点，也不会想要。但如今，尽管你可以被称为人中最高贵的父亲的孩子，你却被称为你母亲的孩子，你背弃了你的死去的父亲和你的亲人，在大家看
来，你是多么卑鄙！ 368

歌队长 看在天神面上，不要说生气的话；双方的话都是有益的，只要你采纳她的劝告，她也采纳你的劝告。

克律索忒弥斯 诸位姑姑，我听惯了她的话。若不是我听见

有最大的祸事正要落到她身上——那会打断她的绵延的哭泣，我就不会提起这件事。

厄勒克特拉　来，把这件可怕的事讲出来；只要你能向我说出什么比目前的更严重的祸害，我就不反驳了。

克律索忒弥斯　我就把我所知道的一切告诉你。如果你再不停止这样啼啼哭哭，他们就要把你送到看不见阳光的地方去，你只好在国境外的拱形石窟里过日子，咏叹你的苦难。[35]因此你得考虑考虑，别到后来受罪，反而责怪我；现在，你要趁这个好时机变聪明一点。

厄勒克特拉　他们真的决定这样对付我吗？

克律索忒弥斯　千真万确；只等埃癸斯托斯回家来。

厄勒克特拉　愿他为这事快快回来。

克律索忒弥斯　不幸的人啊，你祈求的是什么话？

厄勒克特拉　他想这样干，可以回来。

克律索忒弥斯　那你才有罪受；怎么这样说？你的心是不是错乱了？

厄勒克特拉　我才好远远地躲避你们。

克律索忒弥斯　难道你不关心你目前的生活？

厄勒克特拉　我的生活很美满，值得赞赏！

克律索忒弥斯 只要你懂得放聪明一点，你的生活是会美满的。

厄勒克特拉 别教我危害亲人。

克律索忒弥斯 不是那样教你，而是要你向当权的人低头。

厄勒克特拉 你是这样摇尾乞怜，你的话和我的性格不相投。

克律索忒弥斯 最好不要由于考虑不周而失败。

厄勒克特拉 如果一定要失败，也是为父亲报仇。

克律索忒弥斯 我知道，在这件事情上父亲是会原谅我的。

厄勒克特拉 这句话只有怯懦的人才称赞。

克律索忒弥斯 你是不是不听我的劝告，不同意我的看法？

厄勒克特拉 决不，我还没有愚蠢到这个地步。

克律索忒弥斯 那我就上路去，我是奉命前去的。

厄勒克特拉 你要到哪里去？为什么人带去这些焚献的祭品？

克律索忒弥斯 母亲派我去向父亲的坟墓奠酒。

厄勒克特拉 你说什么？向她的最大的仇人祭奠吗？

克律索忒弥斯 向她亲手杀死的人祭奠，你是想这样说的。

厄勒克特拉 是哪个朋友劝她的？这是谁的心愿？

克律索忒弥斯 我认为是因为她看见夜间可怕的幻影。

厄勒克特拉 我父亲的神明啊，请你们现在佑助我！[36]

克律索忒弥斯 那可怕的形影怎么会使你有了勇气？

厄勒克特拉 你把梦境告诉我，我就对你说明。

克律索忒弥斯 我不大清楚，只能告诉你一点点。

厄勒克特拉 你就说这一点点；一点点话时常使人跌跤或是
416 立起来。

克律索忒弥斯 据说她看见我们的父亲回到阳光里，再同她生活在一起，他提着他从前的而现在归埃癸斯托斯掌握的王权，把它插在炉灶[37]旁边，那上面长出了茂盛的枝条，遮蔽了迈锡尼的整个疆土。这就是我听别人说的，在她向太阳神吐诉她的梦境时，[38]那人恰好在那里。除此以外，我什么也不清楚，只知道她由于有所畏
427 惧而打发我出来。

现在我当着我们的家神求你听我的劝告，不要由于考虑不周而失败。你要是拒绝我的恳求，你在受难的时
430 候就会来找我。

厄勒克特拉 可是，亲爱的，别让手里的祭品接触那坟墓，因为你从那可憎的妇人那里把祭品和奠酒带来献给我们的父亲，是不合礼俗、不虔敬的。快把这些东西扔在风

中或是藏在深挖的浪沙里，它们一点也不会从那里进入我们父亲的坟墓。

在她死去的时候，这些宝藏将为她保存起来。 438

如果她不是妇女中最无耻的人，她绝不会向那个被她杀死的人奠下这恶意的酒浆。你想想，你以为那坟墓里的死者会好心好意地从她手里接受这些礼品吗？她曾经把他当作敌人杀死，使他受辱，把他的手掌脚掌切下来；[39]她为了净洗起见，还把血污揩在他的头上。[40]难道你以为你带去的这些祭品能使她免除杀人的罪吗？绝对不行。快把这些东西扔掉；且从你头上割下一绺发尖，加上我这不幸的人的，——这是轻微的礼品，然而是我所有的，——拿去献给他，这绺不光泽的[41]卷发，还有这条腰带，没有用绣花装饰的。你跪下，求他好心好意地从地下起来，帮助我们对付仇人，求他使他的孩子俄瑞斯忒斯活在世上，以更强大的力气把仇人踩在脚下，今后我们可以拿出比现在献上的更丰富的礼品来装饰他的坟墓。

我相信，我相信他曾经参与这件事，把这个骇人的梦送给她。妹妹，你还是去做这件事，好帮助你，帮助

我，帮助我们的共同的父亲，他是人中最可爱的人，现
463 在躺在冥间了。

歌队长 这女子说话，态度很虔诚；至于你，亲爱的，要是你很聪明，就去做这件事。

克律索忒弥斯 我就去做；我们没有正当的理由再争吵，应当赶快去做。朋友们，看在天神面上，在我做这件事的时候，请你们保持缄默，要是我母亲听见了消息，我以
471 为我会为这件冒险的行为而后悔的。

克律索忒弥斯自观众左方下。

四　第一合唱歌

歌队　（首节）只要我不是一个虚伪的先知，不缺少聪明的判断，那么那位发出预兆的狄刻[42]就要前来，她手里捧着正义的权力；孩子啊，等不了多久，她就会追来。我刚才听见了那个涉及梦兆的甜蜜消息，心里便有了勇气。你的父亲、希腊人的国王，不会忘怀，那古老的双刃铜斧也不会忘怀，是它把他杀死的，使他感到可耻的痛苦。

（次节）那位藏身在可畏的埋伏里的脚多手多的、铜腿健跑的报仇神也会前来。这是因为他们在杀人促成的婚嫁中追求那不合法、不合婚礼的拥抱。因此我认为我们不会不看见那梦兆落到那凶手和她的帮凶身上，不会不，不会不造成伤害。[43]要是这夜间的预兆不能顺利地达到目的，人们便不能从可怕的梦境和神示中预知未来的事。

（末节）珀罗普斯从前参加的多灾多难的车赛啊，你曾经把无穷尽的祸害带到这里来。自从密耳提洛斯被那种迫害人的虐待从金车上抛下来，使他落到海里睡眠以来，[44]许多苦难从来没有离开这个宫廷。

五　第二场

克吕泰涅斯特拉偕侍女自宫中上。

克吕泰涅特拉　好像你又随便走动，只因为埃癸斯托斯不在家，只有他经常阻止你，不让你出宫门，免得你辱没你的亲人。现在他出门去了，你就看不起我。你时常当着许多人说我很粗暴，不公正地管制你，侮辱你和你的名声。其实我并没有侮辱你，我骂你，是因为我听说你时常骂我。 524

你的父亲死在我手里，你总是以此为借口，没有别的理由。他是死在我手里，这个我知道得很清楚，并不否认。然而那是狄刻把他杀死的，不是我独自一人。你若是头脑健全，也应该帮助她。你一直在哀悼你的父

亲，在希腊人中只有他狠心把你的姐姐杀来祭神，[45]
533 他只是播种的父亲，不如生她的我这样忍受阵痛之苦。

你来向我解释，他为什么，为什么人的缘故把她杀来献祭？你会说，是为阿耳戈斯人[46]的利益吗？他们可没有权利杀我的女儿！如果他是为他的弟弟墨涅拉俄斯的缘故而杀我的孩子，难道他不该在我手里受到惩罚吗？墨涅拉俄斯不是有两个孩子吗？[47]他们比我的女儿更应该被杀死，因为他们是那个父亲和那个母亲所生的，那次的航海远征原是为了那个女人。难道冥王很想吃我的孩子而不想吃她的孩子吗？难道那该死的父亲对我的孩子失去了慈爱之心，反而疼爱墨涅拉俄斯的孩子吗？难道那不是一个无情的卑鄙的父亲的心情吗？我认为是的，尽管我说的话和你的见解大不相同。那死去的女儿要是能言语，也会这样说的。我对我的所作所为并不感到不安；但是，如果你认为我有恶意，你也该先下
551 公正的判断，然后谴责你的亲人。

厄勒克特拉　现在你可不能说我先使你感到烦恼，才听见你说这些话。但是，如果你允许我说话，我要为我的死去的父亲和我的姐姐述说真情。

克吕泰涅斯特拉 我允许你说，你若是经常对我这样开始说话，你就不会使我听起来感到烦恼。 557

厄勒克特拉 那我就对你说。你说你杀死了我的父亲。不管你杀得正当不正当，还有什么比这句更可耻的话？可是我告诉你，你杀得不正当，那不过是那个坏人、你的姘头劝诱你杀的。 562

你问问狩猎女神阿耳忒弥斯，她在奥利斯[48]挡住各种的风，为的是报复什么呢？还是我告诉你吧，因为我们不能从她那里获悉。我听说，我父亲在女神的圣林里游玩，他的脚步声惊动了一只戴角的花斑鹿，他射中了鹿，[49]对于那次的猎杀说了什么夸口的话。勒托的女儿[50]因此很生气，她阻挡了阿开俄斯[51]军队，要我的父亲杀他的女儿来赔偿那野兽的性命。她就是这样成了祭品，因为军队没有别的挽救之计，无法航海回家或开赴伊利昂[52]。我父亲是处在强大的逼迫之下，[53]尽管他也曾竭力反抗，终于为此把她杀来献祭，并不是为了墨涅拉俄斯的缘故。 576

即使，我姑且用你的话来说，他是愿意为他弟弟的缘故而这样做，难道他就该为此死在你手里吗？你根据的是什么法律？当心你为凡人制定这条法律，会给你自己引起灾难和懊悔，因为如果我们要杀一个人来偿还另一个人的血，那么你会成为第一个死去的人，要是你碰
583 见了正义的话。

再看你的借口是不是虚伪的。你来解释一下，只要你愿意，你现在为什么做出这最可耻的行为，和那个凶手同床，你先前和他一起杀死了我的父亲，又给他生孩子，[54]更把你的早生的儿女、那圣洁的婚姻所生的圣洁的嫩芽抛在一边。这些行为我怎么好称赞呢？难道你会说，这些也是你为你的女儿报仇而做出来的吗？如果你这样辩解，那就太可耻了，因为为了女儿的缘故而嫁
594 给仇人，总不是一件光荣的事。

可是我不能劝告你，因为你总是滔滔不绝，说我诽谤母亲。我认为对于我们你像主妇，而不像母亲，你使
600 我过着艰辛的生活，吃过你和你的伴侣许多苦头。

那另一个孩子、那不幸的俄瑞斯忒斯，好容易才逃出了你的手心，流亡在外，过着可怜的生活。你时常谴责我把他养大来向你报仇，只要我有力量，我一定这样做，这一点你可以的确相信。为此你可以向大众宣告，

说我坏，说我饶舌，说我厚颜无耻。如果我生来就善于做这些事，也许不至于辱没你的本性。 609

歌队长 我看她喷出怒气；她的话对不对，看来王后一点也不理会。[55]

克吕泰涅斯特拉 我为什么要理会一个这么大的、辱骂母亲的女儿？你不认为她会恬不知耻地做出任何事情吗？

厄勒克特拉 你现在可以的确相信，我对这些话感到羞耻，虽然在你看来，我好像恬不知耻；我知道我的行为不合时宜，也不合女儿的本分。但是你的敌意和你的行为却逼着我违背我自己的本意而这样做：可耻的行为是可耻的人教出来的。 621

克吕泰涅斯特拉 你这个无耻的小女娃，真的，我这人、我的话和我的行为使你说得太多了。

厄勒克特拉 是你在说话，不是我；事情是你做的，这些话是你的行为引出来的。

克吕泰涅斯特拉 我凭阿耳忒弥斯女神起誓，[56]等埃癸斯托斯回来，你会由于鲁莽而逃不过惩罚。

厄勒克特拉 你看出来了吗？你已经气疯了，你允许我说我想说的话，却不肯耐心听。

克吕泰涅斯特拉 我已经允许你说了每一句话，你还不让我在肃静中献祭？

厄勒克特拉 我让你献祭，劝你献祭，你就去祭祀吧。请不要责备我的唇舌，因为我不再往下说了。

克吕泰涅斯特拉 （向侍女）你这个站在我面前的女仆，快把各种水果祭品端起来，我要向这位主上[57]祈祷，消除我现在感到的恐惧。

福玻斯[58]，我们的保护神啊，请听我的隐晦的祷词，因为我的话不是当着友好的人说的，我也不便趁她在我身边的时候把全盘心事向天光吐露，免得她心怀恶意，用尖声的叫嚣向全城散布无聊的谣言。请你这样倾听，因为我只能这样祈祷。

我昨夜看见的带有双重意义的梦境，吕刻俄斯王[59]啊，如果对我显示吉兆，请让它应验；如果含有敌意，就让它落到我的仇人身上。要是有人要诡计剥夺我现在享受富贵，请不要允许；让我长久过着无灾无难的生活，掌握着阿特柔斯的儿子们[60]的宫廷和王杖，跟那些现在和我同居的朋友以及我的孩子们生活在一起，快快活活地过日子，孩子们不至于对我不怀好意，不至于使我

感到难堪的痛苦。 654

吕刻俄斯·阿波罗啊，请你和祥地听我祷告，把我们所祈求的赐给我们一家人。至于其余的一切，虽然我没有明说，我相信，你既是一位神，一定是知道的，因为宙斯的儿子是无所不见的。 659

傅保自观众左方上。

傅保 诸位女客人，怎样才能打听明白，这是不是埃癸斯托斯王的宫廷？

歌队长 客人啊，这就是他的宫廷，你猜对了。

傅保 这位是他的妻子，我猜中了吗？她看上去像王后。

歌队长 一点不错；你是在王后面前。 665

傅保 王后，万福！我给你也给埃癸斯托斯从一个朋友那里带着美好的消息前来。

克吕泰涅斯特拉 欢迎你的话；但是我想先从你那里打听，是谁打发你来的。

傅保 是福西斯人法诺透斯打发我来的，他把重大的任务交给我。

克吕泰涅斯特拉 客人啊，是什么任务？快说呀！你既是从朋友那里来的，我的确相信，你有友好的消息见告。

傅保　俄瑞斯忒斯已经死了；我概括起来，简单告诉你。

厄勒克特拉　真是不幸，我今天完了！

克吕泰涅斯特拉　客人啊，你说什么，你说什么？别听她的话。

傅保　我刚才说过，现在再说一遍，俄瑞斯忒斯已经死了。

厄勒克特拉　我这不幸的人完了，活不成了！

克吕泰涅斯特拉　（向厄勒克特拉）管你自己的事！（向傅
679 保）客人，把真实的情形告诉我，他是怎样死的。

傅保　我是为这件事被派遣来的，我就全盘告诉你。他去参加为得尔福竞赛举行的光荣的希腊集会，当他听见有人高声宣布赛跑开始，[61]那是第一场评判，他便进入运动场，光彩夺目，博得全体观众的尊重。他把胜利点和起点等同起来，[62]夺得了胜利的荣誉奖品，走了出来。我虽然有很多话要说，但只告诉你这么一点：我从不知道谁有他这样的成就和本事。有一件事你应该知道，在裁判员宣布的一切竞赛中，[63]他夺去了全部的胜利奖品，每次听人传报他是阿耳戈斯人，名叫俄瑞斯忒斯，是那位召集那闻名的希腊军队的阿伽门农的儿子，大家
695 都认为他很幸福。

这些都很顺利；可是当天神降下灾难时，甚至一个强壮的人也难逃避。另外一天，太阳一出来，就举行马车快赛，他跟着许多御者进场，其中一位是阿开俄斯人，另一位来自斯巴达，有两位是利比亚人[64]——驾驶联轭马车的能手，俄瑞斯忒斯驾驶帖萨利亚马，[65]在他们当中是第五位，第六位驾驶红棕马，是从埃托利亚[66]来的，第七位是马格涅西亚[67]人，第八位驾驶白色的马，是埃尼亚族的人，[68]第九位来自神建的雅典城[69]，还有一位是比奥细亚[70]人，他的车凑成第十辆。 708

他们站在由那些被派定的裁判员用摇签法分配的位置上，这样安排他们的车，铜号一鸣，他们就开动；大家立即对着马吆喝，摇动手里的缰绳；整个跑道充满了辚辚的车声，尘土向上飞扬；他们全都混在一起，不吝惜刺棒[71]，每个人都想超越对手的轮轴和喷鼻息的马，因为马的鼻息喷在他的背上和旋转的车轮上。 719

俄瑞斯忒斯放松右边的马，制止驾在里边的挽绳的马，[72]靠近尽头的石柱急驶，毂孔总是擦着石头。[73]直到这时，所有的事实都告平安；但是后来，那埃托尼亚人的烈驹使劲狂奔，急转弯，正要跑完第六圈，进入第七圈时，向着巴耳卡人[74]的车子正面冲去。由于这一件祸事车子一辆撞破一辆，翻倒在地上，整个克里萨赛车场堆满了破车烂片。

那位来自雅典的驾车能手看见出了事，他转向旁边，停下来，让马的波涛从跑道中乱纷纷滚过去。俄瑞斯忒斯最后驶来，他使他的马落在后面，但对最后的结果很有信心；可是等他看见只剩下那个雅典人了，他便向他的快马耳边发出尖锐的吆喝声，向前追去。他们两人并驾齐驱，时而这个人的头，时而那个人的头伸在两车之前。

这不幸的人直直立在他的直驰的车上，平安地通过了每一圈；[75]然后，在他的马转弯时，他就放松了左边的缰绳，不知不觉地就碰着石柱的边沿，把轮毂撞成了两半啦；他从栏杆[76]上翻下来，在那些细长的皮带里滚动；他一跌到地上，他的驹马便分散到跑道中去了。观众看见他从车上跌下来，都为这年轻人悲伤，他已经创出这样好的成绩，却遭遇这样大的灾难，时而撞到地上，时而两脚朝天跃进。直到那些御者好容易才止住他的马奔跑，把他的血淋淋的身体解下来，他的朋友没有一个看见了，能认识这不幸的尸首。他们立即把他放在火葬堆上烧化了，那些被选派的福西斯人正在把那个小铜罐里装着的由那个巨大的身躯化成的可怜的骨灰运来，使他在他父亲的土地上分得一个坟墓。 760

这就是我给你带来的故事，说起来已经很悲惨，对于我们这些目睹的人来说，我是亲眼看见的，这是我见过的最惨重的灾难。 763

歌队长 唉，唉！看来我们的古老的君主的家族连须根整个毁来了。

克吕泰涅斯特拉 宙斯啊，这是什么消息？我该说这是吉利的，还是可怕而有益的音信？即使通过自己的灾难而救起了我这条性命，这总是一件痛心的事。 768

傅保 夫人，你听了这消息，为什么这样丧气？

克吕泰涅斯特拉 做母亲的心情是很奇异的，甚至一个受了伤害的母亲也不会恨她的孩子的。

傅保 看来我是白来了一趟。

克吕泰涅斯特拉 不是白来；你若是给我带来了有关他的死亡的可靠证据，怎么能说是白来呢？他是从我的生命里长出来的，却背弃了我的哺乳和养育之恩，出外流亡，自从他离乡别井后，他从没有回来看看我，还指控我是杀他父亲的凶手，威胁我要行凶，因此不论白天夜晚，那甜蜜的睡眠从没有笼罩过我，每一个临近的时辰都使我在有杀身之祸的恐惧中度过。

现在啊，我今天总算免除了他们姐弟引起的恐惧——这女孩子是更大的祸害，她和我生活在一起，总是吸吮我的生命的纯净的血液，——现在不管她怎样威胁，我们都可以安安静静地过日子了。

厄勒克特拉 哎呀呀！现在啊，俄瑞斯忒斯，我悲叹你的灾难，你的遭遇这样悲惨，还要受你母亲侮辱，这也是好事吗？

克吕泰涅斯特拉 对你说来，不是好事，对他说来，却是好事。

厄勒克特拉 你这位为那个新近死去的人进行报复的惩戒之神[77]，请你谛听！

克吕泰涅斯特拉 她已经听见了她应当听的话，而且很好地执行了。

厄勒克特拉 你尽管侮辱，现在正是你走运的时辰。

克吕泰涅斯特拉 俄瑞斯忒斯和你不是要压倒我的好运吗？ 795

厄勒克特拉 是你压倒了我们，不是我们压倒了你。

克吕泰涅斯特拉 客人啊，你若是制止了她的尖声的叫嚣，你这次前来，应当获得许多奖赏。

傅保 如果一切都美满，[78]，我就告辞了。

克吕泰涅斯特拉 这不行；这样的款待对我和派遣你来的主人都不体面。请你进屋，让她在外面大声悲叹她自己和她的亲人的灾难。 803

克吕泰涅斯特拉偕侍女进宫，傅保随入。

厄勒克特拉 在你们看来，这不幸的母亲是不是在为她的儿子死得这样悲惨而哀伤苦恼，痛哭流涕？她笑笑就走了。哎呀呀！最亲爱的俄瑞斯忒斯，你这样一死，倒害死了我。你撒腿走了，从我心里剥夺了我剩下的唯一的希望，我曾经盼望你活着回来，为你的父亲和不幸的我报仇雪恨。但是我现在往哪里去呢？我失去了父亲，又失去了你，真是孤单。我又得去侍候我最憎恨的人——那两个杀害我父亲的凶手。这对我有什么好处呢？今后我再也不进去同他们住在一起，只是在宫门外倒下来，无亲无友，消耗我的生命。如果这宫中居住的人恼羞成

怒，就让他为此杀了我；我活着痛苦，死了倒值得感谢，
822 我再也不想活下去了。

歌队 （哀歌第一曲首节）宙斯的霹雳哪里去了？光明的太阳神哪里去了？他们若是看见了这些事情，还能安然不动，加以隐瞒吗？

厄勒克特拉 唉，唉，哎呀！

歌队 孩子啊，你为什么哭？

厄勒克特拉 （双手伸向天空）唉！

歌队 不要说鲁莽的话！

厄勒克特拉 你会害死我。

831 **歌队** 怎么会害死你？

厄勒克特拉 你若是叫我对那个分明已魂归地府的人怀抱什
835 么希望，你就会更重地践踏我这颗憔悴的心。

歌队 （第一曲次节）可是我知道安菲阿剌俄斯国王怎样由于一个妇人用金项链设下圈套而被地坑吞没了；他现在在地下——[79]

厄勒克特拉 唉，唉，哎呀！

歌队 依然有生命，是个国王。[80]

厄勒克特拉 唉！

歌队　唉！那杀人的凶手——

厄勒克特拉　她已经被人杀死了。

歌队　是被人杀死了。

厄勒克特拉　我知道，我知道；那悲伤的鬼魂倒是有人出来为他报仇，我却没有报仇的人，因为原来有的已经去世了，被死神夺走了。 848

歌队　（第二曲首节）你的命运很不幸，很不幸。

厄勒克特拉　我也知道，知道得很清楚，我的生命长年是成堆的灾难，永无穷尽，可怕又可恨。

歌队　我们看见你痛哭。

厄勒克特拉　那就不要带错了路，因为我再也不能——

歌队　你说什么？

厄勒克特拉　再也不能从我的高贵的父亲所生的同胞那里获得拯救的希望。 859

歌队　（第二曲次节）人人都有一死。

厄勒克特拉　难道都像他这个不幸的人这样在快马的竞赛中被缠在细长的缰绳里拖死吗？

歌队　那毁伤无法想象。

厄勒克特拉　怎么不是呢？他身在异乡，没有经过我的手——

歌队 哎呀！

厄勒克特拉 就那样收藏在骨灰罐里，没有经我安葬和哀
870 悼。（哀歌完）

克律索忒弥斯自观众左方上。

克律索忒弥斯 最亲爱的姐姐，我兴高采烈地赶回来，不顾体面，快步奔跑，因为我带来了可喜的消息，可以解除你以前所遭受和悲叹的灾难。

厄勒克特拉 你从哪里找到什么方法来解除我的不可能医治的苦难？

克律索忒弥斯 俄瑞斯忒斯是在我们这里，你听了我的话就知道了，他亲身出现在这里，你看得见他，就像看得见
878 我一样。

厄勒克特拉 可怜的人啊，你真是疯了，竟自嘲笑你的灾难，也嘲笑我的灾难。

克律索忒弥斯 我当着父亲的灶火[81]起誓，我说这句话，并没有嘲弄你的意思，他真是在我们这里。

厄勒克特拉 哎呀！这句话是听谁说的？你竟自这样相信。

克律索忒弥斯 我是根据自己的见识，不是听别人传说的，

因为我看见有明显的迹象，才相信这个说法。

厄勒克特拉 可怜的女孩啊，你有什么证据？你看见过什么东西，竟自发出这不可救药的狂热。

克律索忒弥斯 看在天神面上，请听我说，然后断定我是聪明或愚蠢。

厄勒克特拉 那你就说吧，如果你说说也痛快。

克律索忒弥斯 那我就把我见过的事情全都告诉你。我去父亲的古坟前，看见一股股奶刚从坟头上流下来，父亲的坟墓周围放着各种鲜花。我见了大吃一惊，环顾四周，怕有人逼近我身边。等我看出整个地方都很安静，我便走近坟墓，看见那顶上有一绺刚割下的卷发。我一看见，啊，有一个很熟识的形象立刻就映在我的心里，我知道我看见的是人间最可爱的俄瑞斯忒斯的证物，我把它拿在手上，并没有说什么不吉利的话，眼里立刻就充满了快乐的泪水。我现在明白了，正像刚才那样理解的，除了他，这件装饰品不可能是从别人那里来的。除了我和你，谁会献上这礼物呢？这件事不是我做的，我知道得很清楚，也不是你做的，你怎么办得到呢？因为即使去敬神，你也不能不受惩罚而离开这宫廷。我们的母亲的心情又不喜欢做这样的事，即使她做了，也逃不过我们的注意。那坟上的供品一定是俄瑞忒斯献上的。亲爱的姐姐啊，你鼓起勇气来；同样的命运不会是永远站在同样的人身边。我们两人从前的命运很凄惨，但是
919 今天也许会有许多好事实现。

厄勒克特拉 唉，我一向可怜你太不聪明。

克律索忒弥斯 怎么回事？难道我报告的消息不讨你喜欢？

厄勒克特拉 你不知道你的心思飘到大地何方去了。

克律索忒弥斯 我怎么会不明白我清清楚楚见过的事呢？

厄勒克特拉 可怜的女孩啊，他已经死了，他拯救你的希望
925 已经破灭了；不要再仰望他了。

克律索忒弥斯 哎呀！这个消息是听什么人说的？

厄勒克特拉 听那个在他死去的时候出现在他身边的人说的。

克律索忒弥斯 那个人在哪里？我觉得奇怪。

厄勒克特拉 他在宫里，在母亲看来，他是一个受欢迎而不讨厌的人。

克律索忒弥斯 哎呀！那许多祭品是什么人献给父亲的坟墓的？

厄勒克特拉　我认为很可能是什么人把那些祭品放在那里纪念死去的俄瑞斯忒斯的。

克律索忒弥斯　我真是不幸！我兴高采烈地带着这样的消息赶回来，却不知道我们已经落难了；我现在回来了，才发现从前的灾难又添上了别的不幸。

厄勒克特拉　你的情形是这样的；只要你听我的话，就可以减轻眼前的苦难的重压。

克律索忒弥斯　我能够起死回生吗？ 939

厄勒克特拉　我不是这个意思；我不至于这样愚蠢。

克律索忒弥斯　你有什么吩咐，我可尽力的？

厄勒克特拉　你要勇敢地按照我的劝告行事。

克律索忒弥斯　只要有好处，我是不会拒绝的。

厄勒克特拉　你要明白，不费力气，什么事也做不成。

克律索忒弥斯　我明白。我一定尽全部的力量帮助你。 946

厄勒克特拉　那就听我决定怎样办。你也知道，我们并没有亲人出来相助，冥王已经把他们夺走了，只剩下我们两人了。只要我还听说我的弟弟依然活着，风华正茂，我总是希望他回来报杀父之仇。但如今，他已经不在人世，我就只有仰望你了，你要同姐姐一起去杀死那个杀

害父亲的凶手——埃癸斯托斯，不要畏缩。我对你再也
957 不必隐瞒了。

你还要懒懒散散地等多久？还有什么真正的希望可以观看呢？你应当悲叹父亲的财富被人劫夺了，应当痛惜这么多年岁数大，还没有出嫁，没有听过婚歌。再不要盼望你能获得这些福分；埃癸斯托斯不是一个考虑不周的人，他不会让你的或我的孩子出生，成为他的明显的祸患。只要你照我的计划进行，首先，你将同时从地下的亡父和弟弟那里得到虔敬之名；其次，今后你将被称为自由人，正如你是自由出身；你还可以得到一个配
972 得上你的夫婿，因为高贵的品质人人争先瞻仰。

难道你看不出，你听我的话，可以为你和我获得一个远近传闻的多么好的名声？哪一位市民或异邦人见了我们不举起右手用这样的赞语向我们致敬呢？他会说：“朋友们，请看这两姐妹，她们拯救了她们父亲的宫廷；在她们的仇人立得很稳的时候，她们不吝惜自己的性命，挺身出来报复血仇；她们应当令人喜爱，受人尊敬，在节日里，在城邦的全民集会上，人人都应当看重她们的英勇行为。”每个人都会这样称赞我们，因此不

论生前死后，我们的名声都不会湮没的。 985

亲爱的妹妹，听我的劝告，为你的父亲辛苦，为你的弟弟效劳，解除我的苦难，也解除你的苦难。要知道，耻辱地偷生，对于高贵出身的人是可耻的。 989

歌队长 在这样的情形下，预先考虑，对于提出劝告和听取劝告的人都是有帮助的。 991

克律索忒弥斯 诸位姑姑，在她开口之前，要是她的神经没有错乱，她是会记住，做事要谨慎，可是她没有记住。

（向厄勒克特拉）你的眼睛转到哪里去了，竟自用这样的勇气武装起来，还征募我来助战？你看不出来吗？你生来是女人，不是男子，论力气不如你的对手。他们的命运日益兴旺，我们的却逐渐衰落，化为乌有。谋杀这样的敌人，不受伤害就逃得掉吗？我们的情况已经很坏，你要注意，免得有人听见了这些话，使我们招惹更大的祸害。我们若是赢得了好名声，却死得不光荣，那对我们没有什么利益，也没有什么帮助。死并不是最可厌的，但是一个人想死又死不成，那才可厌啊！ 1008

我求你，趁我们还没有完全毁灭，趁我们的家族还没有死绝，赶快压住你的愤怒！我会留神把你对我说的话隐瞒起来，使它不起作用。经过了这么久的时间，你也该变聪明一点，既然没有力量，就得向强者低头。

歌队长　听她的劝告！对于凡人，再没有什么东西比仔细考虑和小心谨慎更有益处。

厄勒克特拉　你说的话没有一句出乎我的意料；我明知你会拒绝我的建议的。这件事我得亲自动手，独力进行，绝不能失败。

克律索忒弥斯　唉！但愿你在父亲死去的时候，就有这样的思想！什么事情你都做得出来。

厄勒克特拉　那时候我的天性是这样的，但是智力还不够成熟。

克律索忒弥斯　那你就一生保持那样的智力吧。

厄勒克特拉　你这样规劝我，表示你不帮助我。

克律索忒弥斯　因为这样动手，可能惹出祸事来。

厄勒克特拉　我羡慕你谨慎，憎恶你胆怯。

克律索忒弥斯　在你称赞我的时候，我也得耐心听。

厄勒克特拉　你绝不会从我这里受到那种痛苦。

克律索忒弥斯　日后会有长久的时间来判断这件事。

厄勒克特拉　你走吧；你不可能帮助我。

克律索忒弥斯　我能够；只是你无心吸取教训。

厄勒克特拉　你去把这件事全都告诉你的母亲吧。

克律索忒弥斯　我恨你还没有恨到那个地步。

厄勒克特拉　可是你也该明白，你给我带来了什么样的耻辱。

克律索忒弥斯　不是耻辱，而是事先的考虑。

厄勒克特拉　难道你认为是对的，我就该照办吗？

克律索忒弥斯　在你很清醒的时候，你倒可以引导我们两人。

厄勒克特拉　一个人说得好，做得不对，真是奇怪。

克律索忒弥斯　你正确地道出了你的缺点。

厄勒克特拉　怎么？你不认为我的话说得对吗？

克律索忒弥斯　但是有时候说得对反而会惹祸事。

厄勒克特拉　我可不愿意在这种定律下生活。

克律索忒弥斯　你若是做了这件事，你是会称赞我的。

厄勒克特拉　我一定要做，不会被你吓倒的。

克律索忒弥斯　真是这样吗？你不再考虑吗？

厄勒克特拉　没有什么东西比坏的劝告更可憎恨。

克律索忒弥斯　你好像不注意我说的话。

厄勒克特拉　这个决心我早就下定了，不是最近的事。

克律索忒弥斯 那我就走了；你无心赞成我的话，我也不赞
1051 成你的性格。

厄勒克特拉 你进去吧！我以后不会追随你，即使你很想我这样做；白费功夫找你，很是愚蠢。

克律索忒弥斯 如果你认为你很聪明，你就这样自作聪明。
1057 等你踩着了祸事，你就会称赞我的话。

克律索忒弥斯进宫。

六　第二合唱歌

歌队　（第一曲首节）试看那高空的飞鸟[82]，天生最聪明，很关心那生育它们、哺养它们的双亲，我们为什么不以同等的分量报答亲恩？我凭宙斯的闪电起誓，凭高坐在天上的忒弥斯[83]起誓，那样不报恩不至于长久不受惩罚。那传达给地下鬼魂的声音啊，我求你把这悲惨的哭声传给下面的阿伽门农[84]，带去这愁人的、应当受到
谴责的故事。 1069

（第一曲次节）告诉他家里的情形很不幸，两个女儿彼此争吵，再也不能在友爱的生活中和谐共处；厄勒克特拉被抛弃了，孤孤单单地颠簸，这可怜的女子像悲鸣的夜莺永远哀悼她的父亲；她不考虑死活，只要能杀

死那两个恶魔，她愿意不再看见阳光。哪一个出自高贵
1081 的父亲的女儿这样出生过？

（第二曲首节）没有一个高贵的人愿意过卑鄙的生
活，玷污自己的名声，显得不光荣。孩子啊孩子，你宁愿
一生与人共同哀悼，而不要那不好的安排，在同一句称赞
1089 里获得两种名声，被称为聪明的孩子和最好的女儿。[85]

（第二曲次节）愿你的生活在力量和财富方面比你
的仇人高多少，正如你现在生活在他们手下低了多少。
我曾经发现你陷入这不幸的命运，但是由于你遵守那最
高的律条，[86]对宙斯表示虔敬，你才获得了这最好的
1097 荣誉。

七　第三场

俄瑞斯忒斯和皮拉得斯偕二侍从自观众左方上，其中一个侍从手里捧着骨灰罐。

俄瑞斯忒斯　诸位姑姑，我们打听来的方向对不对？我们想走的路对不对？

歌队长　你在寻找什么？到这里来做什么？

俄瑞斯忒斯　我一直在打听埃癸斯托斯住在什么地方。

歌队长　你走对了，那个给你指路的人无可指责。

俄瑞斯忒斯　你们哪一位去告诉宫里的人，说我们这一行人已经到了，这正是他们所盼望的。

歌队长　（指着厄勒克特拉）她会去的，如果最亲的人应该去通报的话。

俄瑞斯忒斯 小姑啊，你进去禀明，有几个福西斯人来找埃癸斯托斯。

厄勒克特拉 哎呀！你们该不是带来了有关我们听见的谣传的明显的证据？

俄瑞斯忒斯 我不知道你说的消息；只是那年高的斯特洛菲
1111 俄斯叫我来传达一个关于俄瑞斯忒斯的音信。

厄勒克特拉 客人啊，是什么音信？一阵恐惧向着我袭来。

俄瑞斯忒斯 他已经死了，你看我们把他的装在这只小罐里的一点点余灰运来了。

厄勒克特拉 哎呀！我好像看见了你手里带来了我的明显的
1116 沉重的苦难。

俄瑞斯忒斯 如果你是为俄瑞斯忒斯的灾难而痛哭，你应该知道，骨灰罐里装的是他的身体。

厄勒克特拉 客人啊，看在天神面上，如果那罐里收藏的是他，请交给我捧在手里，我好带着这骨灰为我自己、为
1122 我的整个家族痛哭悲伤。

俄瑞斯忒斯 （向侍从）快拿过来交给她，不管她是谁；这个要求骨灰的人不会有恶意，她是他的朋友，或者生来
1125 和他有血缘。

厄勒克特拉接过骨灰罐。

厄勒克特拉 我最亲爱的人的纪念物，俄瑞斯忒斯的生命的遗灰啊，我这样迎接你，不合乎我送你出去时所抱的希望。我现在把你捧在手里，你已经化为乌有。[87]可是，孩子啊，当初我把你从家里送出去时，你是满面春风。但愿在我用这双手把你偷偷地弄出来，送到外邦去，使你免遭凶杀之前，我早就舍弃了性命；那样一来，你在当天也死去，躺在那里，好分得一份你父亲的坟墓。 1135

如今你远离乡井，流落异邦，这样悲惨地丧命，你的姐姐又不在身边，哎呀，我这双亲热的手没有给你净洗装扮，也没有把你的可怜的骨殖从燃烧的火葬堆里捡起来，那本是我应尽的义务。但是，哎呀，这些礼仪只是由陌生人出手代劳，你就是这样归来，这罐里小小的一堆灰。 1142

唉，我从前对你的养育是徒劳，我曾经时常那样辛苦而愉快地养育你。你母亲对你的喜爱从没胜过我对你的喜爱。那宫中没有人是你的保姆，只有我才是，我永远被称为你的姐姐。但如今，一日之间所有这些都随着你的死亡而消失了，你像一阵旋风席卷一切归去了。父

亲早日去世，我也因你而死去，你自己也死了，过去
了；我们的仇人却在那里欢笑，那不像母亲的母亲乐得
发狂，你曾经多少次偷偷地给我送来音信，要前来向她
报复冤仇。但是你和我的不幸的命运已经把这种希望剥
夺了，给我送来的是你——这么一点骨灰、一圈无用的
1159 黑影，代替那最可爱的形象。

哎呀呀！这可怜的尸体！唉，唉，这可怕的景象！
哎呀呀！最亲爱的弟弟，你被送上这样的归程，你这样
1164 害死了我，弟弟，你真是害死了我！

且把我接到你的骨灰罐里，一个废物去到一个废物
那里，今后我好同你一块儿住在下界；既然你在地上的
时候，我曾经和你一起分享同样的生活，如今我愿意死
去，好分享你的坟墓。在我看来，那些死去的人却不感
1170 觉痛苦。[88]

歌队长 厄勒克特拉，你想想，你是一个有生有死的父亲所
生的，俄瑞斯忒斯也是凡人，你就不要过于悲伤，因为
1173 死是一种债务，我们全都要偿还。

俄瑞斯忒斯 （自语）唉，唉！我该说什么呢？在难言的时候，从哪里找话说？我再也不能控制我的舌头了。

厄勒克特拉　什么事使你难受？为什么这样说？

俄瑞斯忒斯　这真是厄勒克特拉的闻名的形象吗？

厄勒克特拉　正是她的形象，她的情形很不幸。

俄瑞斯忒斯　哎呀，这可怜的厄运啊！

厄勒克特拉　客人啊，你可不是为我而悲叹？

俄瑞斯忒斯　这身体啊，遭逢侮辱，遇见邪恶，受到摧残。

厄勒克特拉　客人，这不吉利的话是说我，不是说别人吧。

俄瑞斯忒斯　唉，你没有结婚，非常不幸，这样地生活。[89]

厄勒克特拉　客人啊，你为什么盯着我这样悲叹？

俄瑞斯忒斯　我对自己的灾难一点也不知道。

厄勒克特拉　是我说了什么话，你才看出了这一点？

俄瑞斯忒斯　我看见你落在这许多痛苦中，引人注目。

厄勒克特拉　我的灾难你只看见一点点。

俄瑞斯忒斯　还有什么灾难看起来比这些更可恨？

厄勒克特拉　那就是我同凶手们生活在一起——

俄瑞斯忒斯　他们是杀害谁的凶手？你指的是哪里的罪恶？

厄勒克特拉　杀害我父亲的凶手；我没奈何给他们当奴隶。

俄瑞斯忒斯　是谁把这种逼迫强加于你？

厄勒克特拉　她被称为母亲，却一点不像母亲。

俄瑞斯忒斯　她怎样压迫你？是使用暴力还是在生活上虐待？

厄勒克特拉　她使用暴力、虐待和各种伤害。

俄瑞斯忒斯　没有人帮助你，也没有人阻拦她么？

厄勒克特拉　没有；本来有一个，你已经把他当骨灰交给我了。

俄瑞斯忒斯　不幸的女子啊，我一看见就怜悯你。

厄勒克特拉　你要知道，只有你一个人怜悯我。

俄瑞斯忒斯　只有我前来为你的同样的灾难而悲叹。[90]

厄勒克特拉　你可不是我的族人，从哪里来的？

俄瑞斯忒斯　如果这些妇女是友好的，我就告诉你。

厄勒克特拉　她们是友好的，你可以对这些可信赖的人讲出来。

俄瑞斯忒斯　你现在放弃这只罐子，我就完全告诉你。

厄勒克特拉　客人，看在众神面上，不要对我这样做。

俄瑞斯忒斯　听我的话，你不会犯错误。

厄勒克特拉　不要，我凭你的下巴求你[91]不要把我的最珍贵的东西抢走了。

俄瑞斯忒斯　我说，不让你保存。

厄勒克特拉　俄瑞斯忒斯，要是我埋葬你的义务被人剥夺了，我为你感到痛心。

俄瑞斯忒斯 说点吉祥话；你没有权利这样悲叹。

厄勒克特拉 我怎么没有权利为我的死去的弟弟悲叹呢？

俄瑞斯忒斯 你不该用这句话称呼他。

厄勒克特拉 难道我的权利被死者剥夺了吗？

俄瑞斯忒斯 没有人剥夺你的权利；这根本不是你的权利。

厄勒克特拉 如果我捧着的是俄瑞斯忒斯的尸体，这怎么不是我的权利？

俄瑞斯忒斯 这不是俄瑞斯忒斯的尸体，而是故事里编造的。

俄瑞斯忒斯把罐子收回。

厄勒克特拉 那不幸的人的坟墓在哪里？

俄瑞斯忒斯 他没有坟墓；一个活着的人没有坟墓。

厄勒克特拉 孩子，[92]你说什么？

俄瑞斯忒斯 我说的话没有一句是假的。

厄勒克特拉 那个人还是活着的吗？

俄瑞斯忒斯 是的，只要我是有生命的。

厄勒克特拉 难道你就是他？

俄瑞斯忒斯 你看看这只印章戒指[93]，我父亲的，再断定我说的是不是真话。

厄勒克特拉 最愉快的日子啊！

俄瑞斯忒斯 最愉快的日子，我可以和你共同作证。

厄勒克特拉 你的声音啊，你回来了吗？

俄瑞斯忒斯 不必向别处去打听。

厄勒克特拉拥抱俄瑞斯忒斯。

厄勒克特拉 我双手拥抱了你吗？

俄瑞斯忒斯 今后你可以永远拥抱。

厄勒克特拉 最亲爱的姑姑啊，女市民啊，你们看俄瑞斯忒斯就在这儿，在策略里说是死了，现在却凭策略而救活了。

歌队长 孩子啊，我看见了，这欢乐的泪珠为祝贺你的幸运从我的眼里一滴滴往下流。

厄勒克特拉 （抒情歌首节）子嗣啊，我最亲爱的人的子嗣啊，你现在回来了，来到这里发现了，看见了你所想望的人。

俄瑞斯忒斯 我是到了；可是你要安静下来。

厄勒克特拉 这是为什么？

俄瑞斯忒斯 最好安静下来，免得有人从里面听见。

厄勒克特拉 不，凭那位永远是处女神的阿耳忒弥斯起誓，我从来不认为我怕那个一直躲在里面的女人——地上的多余的重量。

俄瑞斯忒斯 你看女人也有战斗精神；你曾经考验过，知道得很清楚。

厄勒克特拉 哎呀呀，你使我想起我的痛苦，没有云遮，无法消融，忘也忘不掉。

俄瑞斯忒斯 姐姐，这个我也知道，等时机到了，我们再回忆这些往事。 1252

厄勒克特拉 （次节）每一个、每一个来临的时辰都宜于正当地诉说我的痛苦，我如今好容易才获得唇舌的自由。 1256

俄瑞斯忒斯 我同意你的说法，因此你要保住这种自由。

厄勒克特拉 我应当怎么办？

俄瑞斯忒斯 不合时宜，别想多说话。

厄勒克特拉 你已经回来了，谁还认为值得用言语去交换沉默？我如今猜不到料不到看见了你。 1263

俄瑞斯忒斯 神明鼓励我回来，[94]你就看见了我……[95]

厄勒克特拉 如果是天神把你送回我们家里的，你倒是道出了一件比以前的更令人感恩的事，我认为这是神的功德。 1270

俄瑞斯忒斯　我不愿意扫你的兴，可是你太快乐了，反而使
1272 我担心。

厄勒克特拉　（末节）过了这么久你才认为应该走上这条最愉快的道路，来到我面前，你看我这样受苦，请不要——

俄瑞斯忒斯　不要做什么？

厄勒克特拉　不要剥夺我同你见面的喜悦。

俄瑞斯忒斯　看见别人剥夺，我会很生气。

厄勒克特拉　你同意吗？

俄瑞斯忒斯　我怎么会不同意？

厄勒克特拉　亲爱的姑姑，我听见他的声音了，我原来以为
这是没有希望的事；如今听见了，我再也不能控制我的
情感，默默无言，而不高呼。唉，我现在得到了你；你
以最可爱的容貌出现在我面前，我就是在苦难中也忘不
1287 了啊。（抒情歌完）

俄瑞斯忒斯　多余的话放在一边，别告诉我母亲怎样坏，埃癸斯托斯怎样耗尽我父亲家里的钱财，一半挥霍，一半白花，因为说起来会妨碍你遵守时间的限度。[96]请给我一些合乎现在的时机的指示：我们应当在哪里露面，

在哪里隐藏，我们这次的旅行才能压倒仇人的笑声。 1295

我们进宫的时候，你要留神，别让母亲从你的焕发的容光里识破你的秘密，你还是为这虚报的灾难而悲伤吧。等事情顺利成功，我们会兴高采烈地自由欢笑。 1300

厄勒克特拉 弟弟，这样做讨你喜欢，我也就喜欢，因为我的快乐是从你那里得来的，不是我自己挣来的。我不能使你受一点痛苦，自己却获得莫大的利益，那样一来，我就不能好好地敬奉那位前来佑助我们的神。 1306

你知道这里的情形，怎么会不知道呢？你已经听说埃癸斯托斯不在宫中，只有母亲在家，你不必担心她会看见我脸上露出笑容，因为我的旧恨已经深深地印在我心里。我看见了你，就乐得不住地流泪，看见你在同一天里死去又生还，我怎么能止住这眼泪呢？你的出现已经对我产生一种迷惑的影响，倘若我父亲活着回来，我不会认为那是一个奇迹，而是相信我看见了他。你既然从这样一条道路来我这里，你愿意怎样引导我，就怎样引导；我要是独自一人，这两件事我不会一件做不到，不是光荣地得救，就是光荣地死去。 1321

俄瑞斯忒斯 我劝你别作声；我听见有人从里面出来。

厄勒克特拉　诸位客人，你们进去吧；你们带来了这样的东西，

1325 谁也不能把它扔到宫门外，尽管他不乐意接受。

傅保自宫中上。

傅保　你们这些傻透了的、没有智力的孩子，你们是不顾自己的性命呢，还是没有天生的头脑，不知道你们是处在最大的危险中心，而不是在边缘上？若不是我站在门柱旁边把守了这么久，你们的策略就会比你们的身体先进宫去；好在我对这件事很小心。你们现在快结束这冗长的谈话和这无餍的欢呼，赶快进去。在这样的情形下，

1338 拖延会惹祸事，这正是结束的时机。

俄瑞斯忒斯　我进去，情况好不好？

傅保　很好；没有人会认识你。

俄瑞斯忒斯　我以为你已经报告我的死耗。

傅保　要知道，你在那里是下界的一个死者。

俄瑞斯忒斯　他们听到这个消息很高兴吧？有没有什么话说？

傅保　等事情完了，我再告诉你；就目前的情形而论，他们的一切行动，不管多么坏，都会成为好事。

1346 **厄勒克特拉**　弟弟，这人是谁？看在众神面上，告诉我。

俄瑞斯忒斯 你看不出来吗？

厄勒克特拉 我心里想不起来。

俄瑞斯忒斯 你曾经把我交到他手里，却不认识他？

厄勒克特拉 什么人？你说什么？

俄瑞斯忒斯 你曾经事先考虑，经他的手把我偷偷地送到福西斯去。

厄勒克特拉 是我在父亲被杀的时候，在许多人当中发现的唯一的忠实人吗？

俄瑞斯忒斯 这人就是他；不必再向我提更多的问题。

厄勒克特拉 最愉快的日子啊！阿伽门农家里唯一的救星啊，你是怎样回来的？你真是那个把他和我从多苦难中救起来的人吗？这两只最可爱的手啊！你有两条为我送过最甜蜜的消息的腿，你怎能同我在一起这么久，自己带着对我说来是最愉快的事实，却编造出一些谎话来害死我而没有被认出来？欢迎呀，爹爹，我好像看见了一个爹爹！欢迎呀！要知道我在同一天里把你当作人间最可恨而又最可爱的人。

傅保 我认为够满意了；这个期间的故事，厄勒克特拉，有许多夜晚和同样多的白天在循环，它们会给你讲清楚。

（向俄瑞斯忒斯和皮拉得斯）我告诉你们两个站在
那里的人，这是行动的时机；现在克吕泰涅斯特拉是独
自一人，里面一个男人也没有。但是，如果你们按兵不
动，得想想，你们不仅要同那些人，而且要同其他的数
1371 目更多，武艺更高的人战斗。[97]

俄瑞斯忒斯 皮拉得斯，我们的事情不需要冗长的讨论，让
我们向那些立在门廊外的，我父亲敬奉的神像[98]致
1375 敬，然后尽快进去。

俄瑞斯忒斯和皮拉得斯偕二侍从进宫，傅保随从。

厄勒克特拉 阿波罗王啊，请你和祥地听他们祈祷，也听我
祈祷，我曾经多少次用我这只光滑的手尽我所有给你献
祭。现在，吕刻俄斯·阿波罗啊，我只有这么一点祭
品，我祈祷，我拜倒，恳求你仁慈地佑助我们的策略，
1383 昭示人类，众神对大不敬的罪行予以什么样的惩罚。

厄勒克特拉进宫。

八　第三合唱歌

歌队　（首节）请看阿瑞斯怎么匍匐前进，喷出难以抗拒的杀气。这时候，那些追逐恶劣行为的、无法躲避的猎犬[99]已经进入宫廷，站在屋顶下，因此那萦绕着我的心灵的梦想不至于长久不实现。 1390

（次节）那下界鬼魂的助战者已经悄悄地进屋，进入他父亲的自古富裕的宫廷，手里举着刚磨快的杀人的剑。迈亚的孩子赫耳墨斯不再拖延，而是把他引到终点，把他的巧计隐藏在阴暗的地方。[100] 1397

九　退场

厄勒克特拉自宫中上。

厄勒克特拉　（抒情歌首节）最亲爱的姑姑，那些人立刻就要完成他们的事情；你们安静地等着吧。

歌队　怎样了？他们现在在做什么？

厄勒克特拉　她正在装饰骨灰罐，那两个人站在她的身边。

1401 **歌队**　你为什么跑出来？

厄勒克特拉　出来守望，免得埃癸斯托斯趁我们不留神溜了进去。

克吕泰涅斯特拉　（自内）哎呀！这屋里没有朋友，尽是凶手！

厄勒克特拉　有人在里面叫唤；亲爱的姑姑，你们听见

没有？ 1406

歌队 哎呀，我听见了那种从来没听见过的声音，吓得发抖。 1408

克吕泰涅斯特拉 （自内）哎呀呀！埃癸斯托斯，你在哪里？

厄勒克特拉 听呀，有人大声叫唤。

克吕泰涅斯特拉 孩子啊孩子，怜悯你的母亲！

厄勒克特拉 你没有怜悯过他，也没有怜悯过那生他的父亲。 1412

歌队 城邦啊，不幸的家族啊，那每天追逐你的命运正在消失，正在消失。 1414

克吕泰涅斯特拉 （自内）哎哟，我被刺中了！

厄勒克特拉 你有力量，再刺一剑！

克吕泰涅斯特拉 （自内）我再叫一声哎哟！

厄勒克特拉 但愿埃癸斯托斯也同声哭唤！ 1416

歌队 那诅咒应验了；那躺在地下的人复活了，那先前死去的人放干了凶手的血，血债血还。 1421

俄瑞斯忒斯和皮拉得斯偕二侍从自宫中上。

歌队 （次节）他们出来了，那血红的手滴着献给阿瑞斯的祭品，这件事我无心谴责。

厄勒克特拉　俄瑞斯忒斯，你们的情形怎样了？

俄瑞斯忒斯　屋里的情形很好，只要阿波罗的神示说得好。

厄勒克特拉　那卑鄙的女人死了没有？

1427 **俄瑞斯忒斯**　不要再怕那傲慢的母亲侮辱你了。[101]

1429 **歌队**　别说了，因为我清清楚楚地看见了埃癸斯托斯。

厄勒克特拉　孩子们，还不快退回去？

俄瑞斯忒斯　你们看见那个人在哪里？

1432 **厄勒克特拉**　他从郊外兴高采烈地来到我们手里……[102]

歌队　快进门廊！前一件事情干得好，现在再把这件事情也

1434 干好。

俄瑞斯忒斯　你放心；我们完成得了。

厄勒克特拉　你想到哪里，就赶快去。

俄瑞斯忒斯　我走了。

1438 **厄勒克特拉**　这里的事我会关心。

俄瑞斯忒斯和皮拉得斯偕二侍从进宫。

歌队长　向那人耳边说几句温和的话，是有益的，使他不知

1441 不觉地冲进正义的竞技场。（抒情歌完）

埃癸斯托斯自观众左方上。

埃癸斯托斯 据说福西斯客人曾向我们传报，说俄瑞斯忒斯撞毁车子，丧了性命，你们哪一个知道客人在什么地方？（向厄勒克特拉）你，我问你，我是说你，你从前是那样鲁莽，我认为你对这件事最关心，知道得最清楚，能够告诉我。

厄勒克特拉 我当然知道，怎么会不知道呢？否则我连我的最亲近的人的命运都不关心了。[103]

埃癸斯托斯 那些客人在哪里？告诉我。

厄勒克特拉 在里面；他们已经到了一个友好的女主人的家里了。

埃癸斯托斯 他们真是报告了他的死耗吗？

厄勒克特拉 不，他们不仅是口头上报告，而且把他指给我们看了。

埃癸斯托斯 我可以看看，弄清楚吗？

厄勒克特拉 你可以看，那景象可难看啊！

埃癸斯托斯 你一反常态，说起话来使我非常高兴。

厄勒克特拉 那你就高兴高兴吧，只要这是一件讨你喜欢的事情。

埃癸斯托斯 我叫你住口，把宫门打开，让全体迈锡尼人和阿耳戈斯人看看，如果他们当中有人过去由于对这人抱有空虚的希望而感到鼓舞，现在看见他的尸首，他就会接受我的嚼子，不至于由于受到我的惩罚而被迫变聪明一点。

厄勒克特拉 我已经尽了我的责任；时间已经使我获得智慧，
1465 对强者表示屈服。

厄勒克特拉把宫门打开，克吕泰涅斯特拉的尸首放在活动台上被推出来，上面用布盖着；俄瑞斯忒斯、皮拉得斯和二侍从站在活动台上。

埃癸斯托斯 宙斯啊，我看见了这个形象，若不是惹得天神嫉妒，它是不会倒下的；但是，如果这句话惹得天神发怒，我就把它收回。

你们把那块罩布从他脸上整个拿开，让亲属接受我
1469 的哀悼。[104]

俄瑞斯忒斯 你自己去揭开；看看这尸体，同它亲热地话别，这不是我的事，而是你的事。

埃癸斯托斯 你说得好，我一定听从。（向厄勒克特拉）要是克吕泰涅斯特拉在屋里，你去请她出来。

1474 **俄瑞斯忒斯** 她就靠近你，不必到别处去查找。

埃癸斯托斯把罩布揭开。

埃癸斯托斯 哎呀，我看见什么啦？

俄瑞斯忒斯 你害怕她吗？不认识她吗？

埃癸斯托斯 哎呀，我落到什么人的罗网中心了？

俄瑞斯忒斯 难道你没有早就看出，你当面称为死者的人是活人吗？

埃癸斯托斯 哎呀，我听懂你的话了；同我交谈的不是别人，而是俄瑞斯忒斯。

俄瑞斯忒斯 你这样高明的先知，却被人欺骗了这么久！

埃癸斯托斯 我这不幸的人完了。且让我说几句话。

厄勒克特拉 弟弟，我以天神的名义请你不要让他再说下去，把话拖长。一个人撞了祸事，快要死了，让他苟延残喘，对他有什么好处呢？尽快把他杀了，杀死以后，再扔给那些他应当碰见的埋尸人，让他远远地离开我们。唯有这样才能赔偿我过去所受的苦难。

俄瑞斯忒斯 赶快进去！现在不是在言语上争论，而是为你的性命而挣扎的时候。

埃癸斯托斯 为什么引我进屋？如果这件事是正大光明的，为什么需要在黑暗里进行，而不爽爽快快地把我杀了？

俄瑞斯忒斯 不由你指挥；快去到你杀我父亲的地点，死在那里。[105]

埃癸斯托斯 要看见珀洛普斯的儿孙，现在和将来的灾难吗？

俄瑞斯忒斯 至少得看见你的灾难，在这种事情上，我是最高明的先知。

埃癸斯托斯 你所夸耀的法术并不是你父亲传给你的。[106]

俄瑞斯忒斯 你回答了这许多，这一节路是耽误了，赶快爬！

埃癸斯托斯 你带路！

俄瑞斯忒斯 你必须走在前面！

埃癸斯托斯 是怕我逃跑么？

俄瑞斯忒斯 你乐意怎样死，由不得你；我一定要监视你，死得很悲惨。这惩罚必须立即落到任何一个有意触犯刑
1507 罚的人身上：杀死他！这样一来，邪恶就不会有很多。

俄瑞斯忒斯、皮拉得斯和二侍从押着埃癸斯托斯进宫，厄勒克特拉随入。

歌队长 阿特柔斯的后裔啊，你遭受了许多苦难，好容易获

得自由，经过今日的奋斗，这件事才告完成。

歌队自观众右方退场。

1987年12月1日改完

注 释

［1］ 俄瑞斯忒斯（Orestes）小时候上学时由这个人往返护送。傅保手执长棍，可以责罚孩子。这种职务是由奴隶担任的。

［2］ 希腊联军统帅阿伽门农从特洛亚凯旋回来，被他的妻子克吕泰涅斯特拉和她的情夫埃癸斯托斯谋杀了。当时王子俄瑞斯忒斯由他的姐姐厄勒克特拉救了出来，派他的傅保把他送到克里萨（Krissa）的国王斯特洛罗菲俄斯家里。俄瑞斯忒斯在那里同皮拉得斯结成莫逆之交。

［3］ 据说欧里庇得斯（Euripides）曾经批评这一行半诗是多余的，索福克勒斯曾经照样回敬，批评欧里庇得斯的《腓尼基妇女》（*Phoinissai*）开头两行也是多余的。阿伽门农曾经因为他的弟弟墨涅拉俄斯（Menelaos）的妻子海伦（Helene）被特洛亚的王子帕里斯（Paris）拐走了，率领希腊联军去攻打特洛亚。

[4] 阿耳戈斯（Argos）在希腊南半岛伯罗奔尼撒（Peloponnesos）东北部，在雅典领土阿提刻（Attikc）西南边，距迈锡尼约九公里。“阿耳戈斯”也可以指阿耳戈利斯（Argolis）平原，即阿耳戈斯、迈锡尼和提任斯（Tiryns）所在的地区。这五个人从克里萨出发，经过科林斯（Korinthos）来到这里。

[5] 伊那科斯（Inakhos）是阿耳戈斯的第一个国王。“女儿”指伊俄（Io），她是赫拉（Hera）的女祭司。这女子在阿耳戈利斯平原上的树林边被宙斯（Zeus）看上了，宙斯的妻子赫拉前来干涉，宙斯忙把这女子变成一头牛，把牛送给赫拉，赫拉便叫一只牛虻去蜇伊俄，使她发狂。这故事详见于埃斯库罗斯（Aiskhylos）的悲剧《普罗米修斯》（*Prometheus*）。

[6] “神”指阿波罗（Apollon），“杀狼”一词很费解。最初可能有一种崇拜狼神的教仪，这种教仪后来和崇拜阿波罗的教仪混在一起，因此阿波罗就成了狼神。后来，由于阿波罗又是司畜牧的神，于是狼便成为他的仇敌，因此这天神又被称为“杀狼神”。“吕刻俄斯”（Lykeios）意思是“杀狼者”，这是阿波罗的别名。一说：“吕刻俄斯”是从“光”字转化而来的。阿波罗后来同太阳神赫利俄斯（Helios）合为一体，因此有日神或光神的称号。还有一种说法认为，“吕刻俄斯”是从“吕喀亚”（Lykia，一译吕西亚）转化而来的，吕喀亚在小亚细亚

南部，阿波罗在那里很受人崇拜，因此“吕刻俄斯”也成为这天神的别名。此处所指的市场是阿耳戈斯卫城东边的市场，可能望不见。市场北边有一所阿波罗庙。

[7] 赫拉的庙宇在迈锡尼东南，距城约两公里，在阿耳戈斯东北，距城约七公里。因为有小山相隔，从迈锡尼望不见。这庙宇在公元前423年失火烧毁了。后来那旁边又建立了一所新的庙宇，非常著名，里面立着一座赫拉像，是阿耳戈斯著名雕刻家波吕克勒托斯（Polykleitos）雕刻的。

[8] “富有黄金的”成了迈锡尼的特别形容词。这古城在阿耳戈利斯平原北端，近代考古学家曾经在迈锡尼城内的坑形坟墓里发现四十多公斤的黄金饰品和器皿，其中最有名的是双鸽杯和剑柄。

[9] 珀洛普斯（Pelops）是坦塔洛斯（Tantalos）的儿子，他有一次同俄诺马俄斯（Oinomaos）赛车，赛赢了可以娶俄诺马俄斯的女儿希波达墨亚（Hippodameia）为妻，赛输了就性命不保。他是参加竞赛的第十四个人。他收买俄诺马俄斯的御车人密耳提洛斯（Myrtilos），答应他日后可以和希波达墨亚亲近。珀洛普斯这样获得了胜利，他随即带着新娘和密耳提洛斯回家，那人在半路上要吻希波达墨亚，珀洛普斯因此把他推下海。密耳提洛斯落水的时候，曾经诅咒珀洛普斯不得好报。他偏爱他的儿子克律西波斯（Chrysippos），这孩子被他自己的弟

兄阿特柔斯（Atreus）和堤厄斯忒斯（Thyestes）杀死了。堤厄斯忒斯曾经诱奸阿特柔斯的妻子，因此被阿特柔斯放逐了。这个流亡者把阿特柔斯的儿子普勒斯忒涅斯（Pleisthenes）当作自己的儿子养大，打发他去杀他的父亲，这孩子反而被他的父亲杀死了。后来阿特柔斯知道了真情，他假意同弟弟和解，把弟弟的两个儿子杀死，把他们的肉煮来给弟弟吃。他后来不知不觉地娶了他弟弟的女儿珀洛庇亚（Pelopia）为妻。珀洛庇亚当时已经怀孕，后来生下一个儿子，即本剧中的奸夫埃癸斯托斯，这人的父亲即堤厄斯忒斯，不是阿特柔斯。阿特柔斯生了两个儿子，即阿伽门农和墨涅拉俄斯。

［10］“亲姐姐”指厄勒克特拉。阿伽门农被杀后，俄瑞斯忒斯有性命之忧。阿伽门农出征以前，俄瑞斯忒斯就出世了。十年战争之后，他已经满了十岁。埃癸斯托斯在位约八年，俄瑞斯忒斯这时已经十八岁出头了。

［11］皮托（Pytho）是得尔福（Delphoi，一译德尔斐）的古名，这是阿波罗颁发神示的圣地，在福西斯（Phokis）境内，在科林斯海湾北岸。

［12］福玻斯（Phoibos）是阿波罗的别名。

［13］法诺透斯（Phanoteus）是福西斯境内法诺透斯城的国王。他是福西斯境内的克里萨城的国王克里索斯（Krisos）的弟兄（克里索

斯是斯特洛菲俄斯的父亲)，弟兄二人冤仇很大。克里索斯是阿伽门农的朋友。

[14] 阿波罗曾经在得尔福杀死一条名叫皮同(Python)的巨蟒，他因此举办一次皮托运动会来纪念他的胜利。直到公元前586年希腊人才举办第一次皮托运动会，以后每四年举办一次。亚里士多德曾经在《诗学》第24章批评索福克勒斯不应当把俄瑞斯忒斯放在他自己的时代里。

[15] “哲人们”特别指毕达哥拉斯(Pythagoras，公元前582—前507)，他曾经躲在地下室装死，叫他母亲伪称他已经死去了。他后来出现，说是重生，谈起许多冥间的事，还向许多人谈起他曾经在冥间遇见他们的亲人，他这样大享名声。他的弟子萨尔摩克西斯(Salmoxis)也有类似的故事，这样叫色雷斯(Thrake)人相信灵魂的永生。

[16] 这六个字是补充的。

[17] 阿瑞斯(Ares)是宙斯和赫拉的儿子，为战神。

[18] 雅典国王潘狄翁(Pardion)曾经把他的女儿普洛克涅(Prokne)嫁给色雷斯(Thrake)人的国王忒柔斯(Tereus)，普洛克涅生下伊堤斯(Itys)。忒柔斯后来把妻子藏在乡下，伪称她已死去，请求潘狄翁把他的次女菲洛墨拉(Philomela)送来。菲洛墨拉一到，

就被忒柔斯奸污了。

忒柔斯把这女人的舌头割掉，并且告诉她，她的姐姐已经死去了。菲洛墨拉后来知道了真情，便编织了几个字，把消息告诉姐姐。普罗克涅知道了真情，便把她的儿子杀死，把尸体煮来给丈夫吃，然后两姐妹一同逃跑。忒柔斯拿着斧头去追赶，在快要追上的时候，那两姐妹便请求天神把她们化成鸟。姐姐化成了夜莺，妹妹化成了家雀，忒柔斯化成了戴胜鸟。夜莺每年三月底四月初来到雅典。

[19] 冥王指哈得斯（Hades），哈得斯是宙斯的哥哥。珀耳塞福涅（Persephone）是得墨忒耳（Demeter）的女儿，为冥王的侄女和妻子。

[20] 赫耳墨斯（Hermes）是宙斯和迈亚（Maia）的儿子，为众神的使者。此处暗指他曾经护送阿伽门农的阴魂赴下界，并且希望他护送俄瑞斯忒斯回家来报仇。

[21] “咒神”是司诅咒的神，他催促报仇神们（Erinyes）起来报仇。

[22] 报仇神是地或夜的女儿，她们头长毒蛇，眼滴鲜血。最初只有一位，后来有三位，她们的名字叫提西福涅（Tisiphone）、阿勒克托（Alekto）和墨该拉（Megaira）。她们惩罚一切罪恶，特别是杀人罪。

[23] 这支进场歌成为歌队和演员轮唱的科摩斯（Kommos）歌。

[24] 传说克吕泰涅斯特拉是在宴会的时候，用红毡子把阿伽门农罩住，再用双头斧把他的头砍破的。参看第193—196行一段和第270行。一说阿伽门农是在浴室里被杀的。

[25] 参看注[18]。

[26] 尼俄柏（Niobe）是忒拜（Thebai）城的国王安菲翁（Amphion）的妻子，生有十四个儿女。她曾经向那位只生了两个儿女的勒托（Leto）夸耀她的儿女众多，勒托便叫她的儿子阿波罗和女儿阿耳忒弥斯（Artemis）把尼俄柏的儿女全都射死了。尼俄柏后来坐在石座上化成了石头，长年流泪。

[27] 伊菲阿娜萨（Iphianassa）是阿伽门农和克吕泰涅斯特拉的第四女。

[28] 阿刻戎（Akheron）是冥土的河流。“神”指冥王哈得斯。

[29] “声音”指卡珊德拉（Kassandra）的预言，这女子是特洛亚公主，战后成为阿伽门农的侍妾。阿波罗曾经爱上她，教她预言术，她学会以后，不肯满足阿波罗的心愿，阿波罗因此不让人相信她的预言。她跟随阿伽门农来到迈锡尼，在进宫的时候，预言阿伽门农和她本人将被人杀害。

[30] “形象”指凶杀的行为。

[31] 奥林匹斯（Olympos）在希腊北部，相传是众神的住处。“神”指宙斯。

[32] 克吕泰涅斯特拉把这个歌舞会命名为“阿伽门农节”。

[33] 暗指克吕泰涅斯特拉在杀害她丈夫的时候，宣称她是为长女伊菲革涅亚（Iphigeneia）报仇。据说希腊远征军在奥利斯（Oulis）集中的时候，统帅阿伽门农误伤了阿耳忒弥斯的一只鹿，那女神很生气，不让海上起风，因此船只无法开动。先知道破真情，要统帅用亲人的血来赔偿，阿伽门农因此把伊菲革涅亚杀来祭阿耳忒弥斯。

[34] 歌队长认为克律索忒弥斯是站在克吕泰涅斯特拉和阿癸斯托斯那边的，因此警告厄勒克特拉不要再往下说。“祭品”包括加蜜的酒水、糕饼、鲜花、水果等件。

[35] 这种石窟是富贵人家预先准备作坟墓的。克吕泰涅斯特拉和埃癸斯托斯原想把厄勒克特拉处死，可是按照世族社会的风俗，他们不能杀害亲属，只好把她关起来，给她少许食物，让她慢慢饿死。

[36] 厄勒克特拉认为这幻影是下界鬼神送来的，表示复仇的机会到了，因此她求神佑助。

[37] 王宫的正厅里有炉灶，为家庭的象征。

[38] 太阳指阿波罗，阿波罗能驱除梦中的恐怖，王后因此向他吐诉梦境，希望化凶为吉。

[39] 原文意思是:“还把他切断”。古希腊人相信,把死者的手脚切下来挂在死者腋下,可以避免死者的报复。

[40] 意思是把斧头上的血揩在阿伽门农头上。古希腊人相信,把凶器上的血揩在死者头上,死者的阴魂便不能前来报复。

[41] 抄本作“不合乎乞援人用的”。古代的注释者解作“枯干的”,意思是:“没有擦油的”。

[42] 狄刻(Dike)是正义女神。

[43] 自“因此”起至此处,抄本有错误。“我们不会不”前面缺三个缀音,“看见”是补订的。

[44] 参看注[9]。

[45] 指伊菲革涅亚被献杀一事(参看注[33])。

[46] 泛指希腊人(参看注[4])。

[47] 荷马只说海伦给墨涅拉俄斯生了一个女儿,如果他们只有一个孩子,克吕泰墨斯特拉便不能希望墨涅拉俄斯把他的独生女儿杀来祭献。诗人根据的可能是赫西俄德(Hesiodos)的传说,据说海伦还生了一个儿子。

[48] 奥利斯海港在比奥细亚(Boiotia)境内,在雅典西北,相距约五十公里。

[49] 那圣林是狩猎女神的圣地,是不许打猎的。阿伽门农是在

那里游玩，不是打猎。但是等他看见了猎物，他心里一动，就把它射死了，那时候他忘记了那只鹿是狩猎女神的圣物。

[50] 指阿耳忒弥斯（参看注［26］)。

[51] 阿开俄斯人（Achaioi）是一支由北方移来的希腊民族，这族名在此处泛指希腊人。

[52] 伊利昂（Ilion）是特洛亚的别名，这都城在小亚细亚西北角上。

[53] 先知卡尔卡斯（Kalkhas）特别逼迫他，说不把他的女儿杀来祭献，阿耳忒弥斯的愤怒便无法平息。

[54] 据说克吕泰涅斯特拉给埃癸斯托斯生了一个女儿，名叫厄里戈涅（Erigone)。索福克勒斯写过一部悲剧，叫作《厄里戈涅》。

[55] 这两行很费解。贝飞尔德这样解释:“我看这个女子喷出怒气；王后到底对不对，我看她再也不理会”。他认为第一句是歌队长说厄勒克特拉在生气，她说这话的时候，用眼睛望着厄勒克特拉，然后转过头来望着王后，说王后对待厄勒克特拉到底对不对，王后本人再也不理会。古代的注释者却把这两行解作:“厄勒克特拉是生气了；但是厄勒克特拉和王后到底对不对，她们双方都不理会”。

[56] 阿耳忒弥斯是处女神，克吕泰涅斯特拉认为厄勒克特拉有失处女的美德，所以她才凭这位女神起誓。

［57］“主上”指阿波罗。王宫正厅的门廊外有阿波罗的神像，像前有祭坛。

［58］参看注［12］。

［59］参看注［6］。

［60］“儿子们”为诗中使用的复数，实指阿伽门农。

［61］音乐诗歌比赛后，竞赛才开始。先举行赛跑，角力等竞技赛，然后举行车赛和马赛。

［62］意思是跑完全程。或几圈胜利点和起点是同一地点。

［63］此外删去第691行，这大概是后人添上的说明语，意思是：“双线赛、照例举行的五项竞赛”。“双线赛”即跑圈的竞赛。古希腊的跑道有两条跑道，转弯处是圆形的。五项运动指跳高、赛跑、击拳、角力和掷铁饼。

［64］这两个利比亚人是从北非洲巴耳卡（Barka）城来的，巴耳卡是希腊人的殖民地，建于公元前550年左右。由此更可看出诗人把俄瑞斯忒斯放在他自己的时代里（参看注［14］）。“利比亚”指北非洲。

［65］帖萨利亚（Thessalia）在希腊北部，那个大草原自来出产名马。

［66］埃托利亚（Aitolia）在科林斯海湾北岸。

［67］马格涅西亚（Magnesia）在帖萨利亚境内。

[68] 埃尼亚（Ainia）人在荷马时代住在帖萨利亚北部，后来移居南部。

[69] “神建的”一词是索福克勒斯特别赠给雅典城的形容词。这城市本是刻克罗普斯（Kekrops）建立的。雅典娜（Athena）和海神波塞冬曾争取做这都城的守护神，雅典娜献出一棵橄榄树，波塞冬献出一匹战马，众神认为橄榄树象征和平，更为有益，因此把这都城献给雅典娜。据说雅典娜曾把一个小山移向雅典，用来作卫城，但是还没有到达时，她听说城里发生动乱，因此把它扔在郊外，可见她曾经帮忙建造这都城。

[70] 比奥细亚在雅典北边，距城约三十四公里。

[71] “刺棍”有两个尖头，用来刺马，使它奔跑。

[72] 四匹马并列，中间两匹拉辕，驾在轭下，叫作辕马；左右两匹挽绳，叫作骖马，驸马或騑马。车向左转时，右边的马得跑快些，因此驾在右外边的骖马是最善跑的马。

[73] 跑道两端有石柱为界，车到那里向左转，左轮往往会擦着石柱，那是很危险的。参看注[63]。

[74] 这个巴耳卡人即利比亚人（参看注[64]）。埃尼亚人在转弯将完成时，收不住马，往前冲，然后转回来，在快要进入第七圈时，后面巴耳卡人的车子已经抢先一步，也快要进入第七圈了，于是埃尼亚

人的马便对着巴耳卡人的马猛冲，正好碰上。

［75］ 俄瑞斯忒斯一共应比赛十二圈（全程四公里长），直到第十二圈中途，他才出险。

［76］“栏杆”指围绕车前方和左右两边的栏杆。

［77］“惩戒之神”指涅墨西斯（Nemesis），她惩罚一切不正义的行为。

［78］ 这是双关语，明指克吕泰墨斯特拉认为俄瑞斯忒斯死得好，暗指傅保报假信成功。

［79］ 安菲阿剌俄斯（Amphiaraos）是阿耳戈斯的先知，他曾娶阿耳戈斯的国王阿德剌斯托斯（Adrastos）的姐妹厄里费勒（Eriphyle）为妻。波吕涅刻斯（Polyneikes）前来借兵攻打忒拜，安菲阿剌俄斯预知事情不妙，不肯出兵。波吕涅刻斯便用一条金项链收买厄里费勒，叫她诱劝她丈夫出兵。安菲阿剌俄斯后来打败了，连车带人被地坑吞没了。他在临走的时候，曾经吩咐他的儿子阿尔克迈翁（Alkmaion）为他报仇。因此厄里费勒后来和克吕泰墨斯特拉一样，被她的儿子阿尔克迈翁杀死了。歌队在此处安慰厄勒克特拉，因为安菲阿剌俄斯也和她父亲一样，被人陷害，可是他在冥府里依然受到鬼神敬重；厄勒克特拉的父亲也会像安菲阿剌俄斯那样。受到鬼神敬重。

［80］ 安菲阿剌俄斯死后依然有知觉。希腊人都崇拜他，相信他

颁发的神示。

［81］ 参看注［37］。

［82］ 特别指反哺的鹳鸟。

［83］ 忒弥斯（Themis）是天和地的女儿，她坐在宙斯旁边，维持一切秩序。

［84］ 原文是“阿特柔斯的儿子们”，为“诗的复数”，实指阿伽门农。

［85］ 这几行很难解释。“聪明的孩子”暗指克律索弥斯。

［86］ 指孝顺父母的律条。

［87］ 据说这剧在酒神剧场上演时，扮演厄勒克特拉的是一个名叫波洛斯（Polos）的著名演员，他才死了他心爱的独生子。他特别把儿子的骨灰罐从墓室里取出来，捧在手里表演这场戏，发出真实的情感。

［88］ 此行（自“在我看来”起）疑是伪作。

［89］ 俄瑞斯忒斯看见姐姐那样憔悴，知道她还没有结婚。古希腊人很重视婚姻仪式，认为一个女子成年后还不结婚，是一件不幸的事。

［90］ 暗指和自己的灾难相同，参看第1185行。

［91］ 古希腊人的恳求姿势，是一手抱着人家的膝头，一手摸着

人家的下巴。

[92] 厄勒克特拉心里一紧张，觉得事情大有希望，她对这个送骨灰的人的称呼便由“客人”转换成了“孩子”，这是一种对一个比较年轻的人的亲密称呼。

[93] 戒指的宝石上刻得有花纹，作为图章使用。

[94] 俄瑞斯忒斯是奉阿波罗之命回来的。

[95] 此外残缺一行共缺十二个音缀，相当于首节中的也有；你考验过，知道得很清楚。

[96] 诗人也许在此处批评他的长辈埃斯库罗斯往往在剧情的紧急关头来一大段描写，既妨碍了事件的进展，又超过了演出时间的限度。

[97] “那些人”指“仆人”，他们大概到外面工作去了。“其他的人”指埃癸斯托斯的卫兵。

[98] 特别指阿波罗和赫耳墨斯的神像。古希腊人向神敬礼的姿势可能是这样的：把右手伸向神像，手掌向上，然后缩回用嘴吻一下，再向神像一挥。

[99] 指三位报仇女神。

[100] 赫耳墨斯是引路的神，并且是一切诡计的指导者。

[101] 这后面抄本有残缺，因此次节的行数与前节的不相称。

［102］ 此处缺七个音缀。

［103］ 厄勒克特拉故意说得含含糊糊。她的本意是指她母亲的死，但在埃癸斯托斯听来却是指她弟弟的死。

［104］ 死者虽然是仇人，但是依然有权享受亲人的哀悼。“亲属”原文是中性名词，埃癸斯托斯的本意是指俄瑞斯忒斯，但是观众听了，会联想到克吕泰涅斯特拉。

［105］ 古希腊的剧场是酒神的圣地，不许杀人流血，因此俄瑞斯忒斯得把埃癸斯托斯逼进宫，把他杀掉。参看注［24］。

［106］ 讽刺阿伽门农不够聪明，被他本人杀死了。